U0064977

快樂的歌

1

有些耳朵尖的小孩經過巷子口的老房子時，偶爾會聽見有個聲音在對自己說話，提醒說：「轉角有車！」

每個月的某個傍晚，當流動夜市的宣傳車，在巷弄間穿梭，宣布今晚在大樹下開始一路延伸至草埔地的加長版夜市開張時，老房子裡也會傳來興奮的回答：「聽到了！聽到了！好棒！好棒！」即使宣傳車放的只是錄音帶，附近的鄰居都不以為意，也習慣了不理它。

夜裡，最後一班垃圾車穿過大路，收完夜市的垃圾，清潔隊員喊著：「還有沒有破爛要丟啊！」巷口那間老房子傳來一個聲音：「這裡還有！這裡還有！」老房子一陣震動有一些瓦片掉落，大門慢慢打開，清潔隊員從門口望進去，看到院子裡有一隻碩大的鯨魚標本。

「是這裡嗎？」

「是的，就是這個要丟。」那聲音回答。

「哇！頭家啊…這麼好的東西也要丟掉嗎？」

「啊…不然送給你。」那聲音又回答：「噢！不行，我們家太小放不下。」

清潔隊員不知怎麼把這麼大的垃圾塞到車子裡，只好把鯨魚放在車頂載走，直往濱海的垃圾山行駛。

垃圾車穿越村落駛向海濱，空氣中的海水味越來越重。夜色下，一道清涼的氣流穿過鯨魚身體被蟲蛀過的小洞，發出口哨那樣的聲音。一路上彷彿還有人伴隨著和音：「……嘿！嘿！嘿！嗨！嗨！嗨！……」很輕快，就像是一首快樂的歌……「嘿！嘿！嘿！嗨！嗨！嗨！……」

2

金魚具有預知能力，在當年並不是眾所皆知的常識。

巷口的魚丸老闆用科學精神親身體驗效果證明，他從此不敢將這種天生神物混合魚丸魚漿胡亂賣出去。魚丸老闆說：「如果金魚一直繞著魚缸往左邊旋轉會有神明保佑，要是一直往右邊旋轉就會開始倒楣。」

國中生阿雞，並不想擁有一隻具有預知的能力的金魚，因為他那隻總是向倒楣的那一邊旋轉。但是不幸的是，這隻剛好是全校最大隻的，也是他維持班上地位唯一的法寶。

同樣是壞班的學生，在老師眼裡已經是一無是處，如果不靠互相比較一

同樣是壞班的學生，在老師眼裡已經是一無是處，如果不靠互相比較一些東西的輸贏來支持微弱的成就感，弱者中的弱者，恐怕要被懷疑是否會永久成為無用之人。

也就因為如此，這種鬥爭更加激烈，只有靠著殘忍地吞噬掉對手作肥料，才能確保自己的生存地位。

阿雞接受敵人的挑戰，要到夜市舉行撈金魚比賽，這又是一次確保生存地位的無聊比賽，只可惜這次他要失約了。

阿雞因為天天遲到而被老師留在教室罰寫「賣衛生紙的廣告單」一百五十遍。為什麼一個學生被罰寫的是「賣衛生紙的廣告單」，而不是像課文功課之類等等的呢？老師的說法是：「反正這些學生不喜歡唸書，也不必折磨他們了。」既然不想折磨人，那幹嘛還要罰寫一百五十遍。

眼看夜市快要結束，卻還有一大堆沒寫完，隨著時鐘指針一格一格向前搖擺，阿雞感到十分焦慮。

壞班的學生中代代流傳著一條不成文的規定，凡是在比試中怯場、逃亡、慘敗或賴皮的人都將會被編到女生班。

雖然阿雞就讀的是一所只有男生的學校，任何人一旦被列入名單後，從此在學生中都會被當作成一個女生的身分嘲笑，直到畢業都不能改變。

過去阿雞還曾經很驕傲自己是一個沒朋友的人，現在卻也因此而沒有人會為自己作證。

阿雞心裡想：「這下完了，我快要變成女生了。」

3

阿雞的手很酸，腳也很酸。因為他好不容易抄完一百五十遍「賣衛生紙的廣告單」，正狂奔在趕往夜市的路上。

「只要還有一秒鐘可以反攻，我絕對不會放棄。」

阿雞跑過一段黑暗的田邊小路，在大樹後面轉角就到了夜市，夜市燈光還亮，但是時間已晚，遊客稀稀落落，攤販大多收拾完畢。

阿遠遠看見放金魚的大鐵盒魚池還在，老闆正要把魚倒回貨車的水槽，阿雞上氣不接下氣地衝向攤子，攤子前面站著一個肥胖的傢伙，那個傢伙正是這次向阿雞提出挑戰的敵人眼鏡仔。

眼鏡仔可不是簡單的角色。在學校裡，能夠和阿雞的爛成績，不寫功課與遲到最高紀錄媲美的也只有他了。

阿雞不喜歡朋友，更討厭有人像跟屁蟲那樣做出類似像自己的行為，除了學人鬼之外，眼鏡仔還有另一個綽號，阿雞把他叫作─可惡的敵人。

阿雞更生氣的是，眼鏡仔有一次撈魚時，趁老闆不注意，偷偷將伸手到魚池用力捏住最大隻的那隻金魚。金魚被捏得去了半條命，眼鏡仔就趁金魚無力抵抗時，用紙魚網迅速撈起來，隔天帶到學校炫耀，到處宣傳自己的魚最大。聽說當天帶回家之後就傷重不治，翹掉了。

雖然眼鏡仔不承認，叫他再把魚帶來，他就藉口要求要重新正式找阿雞一對一挑戰。

「哎呀！老顧客了。」老闆抵不住兩人要求，只好晚一點再收攤。老闆從車上的水槽撈出一隻特肥的金魚。「我這隻王牌今天還都沒有出動，要是能撈到真是算你們厲害。」

「這隻肥魚正式的名號叫作──「無敵黑金剛」──又黑又肥。」

阿雞與眼鏡仔看到眼睛的瞳孔都放大了一倍，同聲讚不絕口。

黑金剛果然神勇，左躲右閃，體力好得不得了，兩個人都撈不到。

很不幸的是，今天眼鏡仔似乎是比較占上風。阿雞從剛來到現在還在喘，偏偏手臂又不聽使喚，可能是因為今天寫了太多字手在發抖。眼看「無敵黑金剛」一次次幾乎落入眼鏡仔的圈套中，阿雞一邊撈，邊冒冷汗。

眼鏡仔見情勢緊張，也準備使出干擾戰術。他把「無敵黑金剛」逼到水池邊緣，讓牠無路可逃時，用紙魚網的鐵框用力戳了牠一下，「無敵黑金剛」

受到驚嚇突然跳出水面，跳到另一頭形成一道拋物線，而拋物線的盡頭正好是阿雞的紙魚網，「無敵黑金剛」正好穿破阿雞的紙魚網落入水中。

兩人先是都愣住，阿雞不敢相信地看著自己的紙魚網破了一個大洞。

「啊！…沒希望了…。」眼鏡仔興奮地大喊：「哈哈！你死定了，我可以考慮讓你做我的女朋友啦！」

「說什麼！」阿雞聽到眼鏡仔的話頓時怒火中燒，腦筋一轉，握緊拳頭縱身撲向眼鏡仔。

「金剛飛拳！」兩顆拳頭同時摜到眼鏡仔臉上，眼鏡歪曲變形，兩眼當場各浮出黑青一圈。

緊接著阿雞再順勢把還眼冒金星的眼鏡仔的頭押到水池中。

「當女生我也不在乎了！」只見眼鏡仔的嘴巴裡冒出一連串的泡泡，泡泡包住眼鏡仔一堆組合不起來的髒話。

「無敵黑金剛」在泡泡旁好像也奸詐地笑著。

老闆拉開阿雞，阿雞轉身就逃跑。

眼鏡仔回神，撿起變形的眼鏡，立刻追上前去。眼鏡仔跑得很快，阿雞看他追過來，前面一棟大房子的圍牆不算太高，掙扎著翻了過去。眼鏡仔追到了牆邊，也想爬，可是太胖了爬不上去，不過他還是不顧越來越腫的眼睛，在牆外等了一個多小時。

在牆外等了一個多小時。

阿雞在牆壁的另一面從牆縫中盯著看，不知道眼鏡仔還要等多久。阿雞想：「都快被毒蚊子叮死了怎麼還不走，搞不好會被草叢裡的蜈蚣還是毒蛇抬走。」

月光照出阿雞身後那棟大房子簡單的輪廓，阿雞覺得房子裡可能比較安全，到裡面等一等再說吧。

阿雞走進房子，裡面黑暗得多。秋天的深夜比較涼，阿雞也累得有點睏，過不久就開始昏昏欲睡。

這時，阿雞好像聽到有人說話，他像是被催眠似，在黑暗中走來走去都沒有撞上東西。「快來這裡⋯⋯。」

阿雞看到面前大約半身高度有一個洞，洞裡泛著微微的光暈，阿雞伸頭進去看，好像空空的沒有東西，便放心大膽地爬進去。裡面很溫暖。很適合睡眠。阿雞調整了一下身體。找到最舒服的姿勢。就睡著了。⋯⋯在即將睡著的矇矓狀態中好像又聽到那個聲音說：「嗯⋯⋯好久沒有這麼滿足了⋯⋯。」

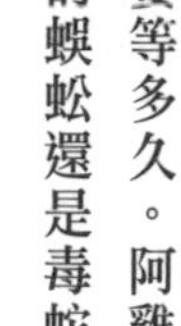

4

一百年前的某個傍晚，在附近海面覓食的一隻鯨魚，被一艘小船撞到，分不清楚方向擱淺在沙灘上，快要奄奄一息時，有人發現了牠。

那個人急忙跑走，過一會又急忙回來，並帶著一把菜刀。

「神明一定是派你來解救我的，我們一家大小都已經快餓死了，求求你寬容我，我絕對不會浪費，神明會保佑你早日投胎轉世…。」

還沒等到鯨魚答應，那人便在鯨魚的肚子上大大地割下一塊肉，跑掉了。

後來鯨魚被一個博士製成標本，肚子上的洞就用了一塊紙漿補了起來。世事變化很多，鯨魚卻依舊陳列在博士原來居住的屋子裡，一百年來沒有離開，只是更陳舊了。

這夜阿雞就是窩在鯨魚空空洞洞的肚子裡呼呼大睡，這一夜鯨魚身上有一種感覺，是百年以來難得的滿足與舒暢，好像失去的那塊肉又重新黏回來了一樣。鯨魚猜想，這個小孩該不會和那個人所說的一家大小有什麼關係吧？

「嗯…我的感覺肯定不會錯。」

5

一大早，陽光就用很斜的角度射進這間房子。

已經隱約可看得出一隻陳列在房子中央落滿灰塵的鯨魚標本，陽光將鯨魚的伸長的翅膀照得發亮，陽光也穿過鯨魚身上被蟲蛀過的洞，準準地射在阿雞的眼皮上，阿雞揉著眼睛從鯨魚肚子上的那個洞爬出來，等待適應刺眼的陽光，第一次看清楚這間屋子，與這隻巨大鯨魚標本。

阿雞不敢去上學，倒也樂得在這個新鮮的地方探險，可是不多久就覺得無聊了。因為這裡荒廢了很久，院子裡除了雜草還是雜草，屋子裡並沒有留下太多好玩的東西。「……只剩幾個空櫃子與木箱子，和幾顆看起來顏色不太一樣的爛石頭。」

「你真不識貨，住在這裡的可是世界第一的博士呢！」

「哇！嚇死我了，魚也會說話。什麼是博士？」

「提醒你一下，我是一隻鯨魚。」

「原來你就是世界第一博士的寵物，博士到底是什麼東西？」

「就是像老師的那種嘛！」

「喔…老師最討厭了，所以你才會長得這麼醜，不過你這麼大，看起來好像很強。」

「我在海中是無敵的！」

「……我是還好啦，在學校大約有一百個人鳥我，因為我養的那隻金魚最大。那現在你們博士不在，不然你來當我的寵物好了，我就會變成天下第一。」

「嗯……。」

「算了，其實說真的，全校大概只有不到十個人鳥我…。我是天下第一…沒人鳥的壞學生。」

「別這樣，聽我說，全世界的小朋友一定都能找到他們自己的用處。」

「我可不是什麼小朋友。」

「喔！那麼你是可愛的小女生囉。」

「你怎麼會知道！」

「我都偷偷的跟蹤你，嘿嘿…。」

「難怪我好像看過你。」

「喔…我被你發現了嗎？」

「對呀…因為你實在太臭了。」

「唉！唉！開玩笑吧，經過了一百年，我全身還被福馬林泡過…咦！…應該不會再有臭味了…你是說…發霉的味道吧。」

「我好想要回到海裡去呢，到時候就可以洗乾淨全身的霉味了。」

「可惜呀……一百年來我都想不到什麼好辦法，自從被做成了標本，身體只剩下空洞的內部，和幾粒早就乾扁脫水的腦細胞……我想了好久好久喔。」

「你果然比較笨。」

「總比賴皮鬼女生好。」

「哼！你去死啦！」

「嘿嘿……我早就死了。」

「……。」

「我提議我們來交換條件，我幫你，你幫我好不好。」

阿雞爬上牆頭，想趁大太陽晒掉身上沾到鯨魚的霉味，正好就看見路過的敵人眼鏡仔。眼鏡仔上學遲到正急急忙忙要趕快跑到學校……。

眼鏡仔停下腳步回過頭。

阿雞好像被看到了……。

6

「我為什麼要幫你。」

「我們是互相幫忙。」

「我自己就可以逃出去，哼！」

「那可不一定，不信你去看外面。」

沒想到阿雞透過牆縫向外看，看到了兩眼腫得像金魚的眼鏡仔竟站在牆外，準備在那裡站衛兵，他的眼鏡依舊是變形。

「有人還在監視我，現在跑不出去，等到晚一點⋯。」

「別想走，你不幫忙，我會告密。」

「你這個可惡的妖怪！妖怪都用陰謀誘拐把小孩吃掉！」

「再提醒你一次，我是一隻鯨魚。」

接下來阿雞每隔半個小時就會聽到鯨魚播報外面眼鏡仔的最新情況：

「他還在⋯。」

「他在喝水⋯。」

「他在牆角偷尿尿⋯。」

「他在吃便當⋯。」

「什麼？」顯然他是上學半路又折回來報仇的。阿雞又從牆縫窺探，眼鏡仔果然從書包裡拿出便當開始扒飯。

阿雞如果記得沒錯，從昨天午飯之後就沒吃，餓得不得了，他看見眼鏡仔便當吃一半就收起來，覺得很奇怪。

「他打算留著作晚飯。」鯨魚補充說明。

「你說他要留到晚上。」

「不然你猜猜看吧。」

天黑了，在鯨魚不厭其煩的報導下，阿雞也懶得再往外看，肚子還是很餓。

「哎呀！他帶著一個燈籠蹲在那裡。他剛剛搶走附近小朋友的花燈，是一隻白色的毛兔子。」

「喔！…他還說要用空手道三段把你切成三塊死豬肉，拿來帶便當。」

遠方傳來了夜晚收垃圾的聲音，提醒居民垃圾車要來了。

「我想到了…！」阿雞因為肚子餓聲音顯得很虛弱。

垃圾車來到了大房屋的門前，清潔隊員喊著：「還有沒有破爛要丟啊！」

「這裡還有！這裡還有！」鯨魚喊住垃圾車，阿雞拉開房屋大門，用力將鯨魚往外推。

清潔隊員問：「是這裡嗎？」

「是的，就是這個要丟。」鯨魚回答。

「這麼好的東西也要丟掉嗎？」清潔隊員又問。

「啊⋯你這麼喜歡不然送給你。」阿雞沒有耐性忍不住模仿鯨魚聲音回答。

「噢！不行。我們家太小放不下。」

清潔隊員把鯨魚放上垃圾車頂固定好，準備開走，阿雞三步作兩步跳到車上，鑽進鯨魚肚子裡。

阿雞的背影正好被苦等一天的眼鏡仔看到了。

垃圾車已開動，眼鏡仔發現時快要來不及追上，一急之下就把手上的燈籠當作武器往垃圾車上的鯨魚丟，連書包裡的便當盒也拿來丟。

燈籠吊掛在鯨魚的尾巴，燈籠的燭火歪斜，引起整個燈籠開始燃燒，火燄過不久延燒到鯨魚尾巴。

垃圾車正在開，穿越村鎮街道，一道清涼的氣流穿過鯨魚身體被蟲蛀過的小洞，發出口哨那樣的聲音。

一路上鯨魚哼唱伴隨著和音。「嘿！嘿！嘿！嗨！嗨！嗨！⋯」阿雞也是。

沒有人發現鯨魚的尾巴已經燒成了一支火把，高高翹起的火把引燃沿途路樹，路樹著火，火燄沿著路樹燒向沿街的房子。這些房子有些是金紙店，也有爆竹店、肉店、和水果店。

整條街都跟在鯨魚後面著了火。

香燭和金紙燃燒，爆竹炸裂！煙火和大大小小的沖天炮都飛上了天，在天上開花。

肉店的肉也在燃燒時發出烤肉的香味，然後與水果之類食物的一起燒成灰燼，變成輕煙飄上了天。

鯨魚引起的火災，一路像拜天公，一發不可收拾。

7

清潔隊員將垃圾車開到垃圾山山頂，把鯨魚往下一倒，倒到垃圾山的斜坡下，這個斜坡直衝到底就是垂直臨海的岩壁。

「我們真的的跑出來了耶！你真聰明。」

阿雞從鯨魚肚子裡鑽出來，掀起上衣露出肚子。

「哈！肚臍！肚臍！有人在稱讚你耶！」

「小意思啦！你本來就是垃圾，只要把自己丟掉就好了啊。」

「欸欸…說這種話真傷感情。」

阿雞突然跳起來！

「哎呀！不得了，你看！你看！你的尾巴著火了。」

鯨魚也很慌張。「糟糕了！你的四邊也著火了。」

「糟了！糟了！火不是我放的，我要回家了！」阿雞情急之下想拔腿就跑。

「不要跑！給我回來！你不是要幫助我回大海，不可以不守信用呀！」

鯨魚和阿雞遲鈍地，很慢才察覺到自己已經身陷火海當中。鯨魚的尾巴一路點火引燃了在垃圾山飄游的沼氣，後方甚至噴出一道火柱，十分壯觀。

「你看，我們在這個斜坡上。拜託一下，只要用力把我推下去，我就可以回到大海了。」

鯨魚燃燒的範圍漸漸擴大開來，附近地面的火也越燒越近。

「哇！你的尾巴全部都燒起來了。」

「笨蛋！注意你自己的屁股就好。」

鯨魚前方有一堆垃圾卡住，阿雞死命推都推不動。

「那邊有一根很長的木棍，把木棍插在我的身體下面，試試看能不能把我翹起來。」

阿雞跑過去趕緊把木棍搬過來，斜斜插在鯨魚身體下面。

「不虧是博士的寵物，真厲害，難道這就是著名的『槓桿原理』嗎？」

「不要管什麼原理了，火已經燒到我的背上了。」

火燄在鯨魚身上越燒越旺，阿雞爬上木棍，像是走獨木橋那樣慢慢走上木棍的尾端，只剩最後一步，阿雞向上一跳大喊一聲：「再見啦！臭鯨魚……。」

阿雞將全部的體重重重地落在木棍的尾端的同時，燃燒的鯨魚被木棍另一頭向上頂。呼！整隻跳起來。咚！咚！咚！咚！一路滾下坡道。

遠遠看到鯨魚已經變成了一團火球，從高高的岩壁頂上直直落下，鯨魚落到海面上同時解體，散成一大片火花。

阿雞跌坐在地上，沒空多看鯨魚一眼便急忙逃命，火燄追著他跑，有時比他還要快。阿雞忘了跑多久，也不知道方向。突然，碰！一聲撞上一塊木板才發現，自己跑到垃圾山旁木板隔住的圍牆。

8

眼看已經無路可逃，這時阿雞腦筋突然閃過昨天早晨出門前，又看到那隻金魚向右轉的畫面，便想應該是這件倒楣的事了。

著火的木板一片片往下掉，連牆上都是火，大概是完蛋了，阿雞抬頭看見被火燄烘到軟軟的星星在跳舞。

從海的角度望向村子，村子的半邊都是火，連阿雞的家也在範圍之內。

火勢在木造房屋間蔓延得很快，並也很快就竄進阿雞的房間，原本黑暗的房間越來越亮。放在窗台上魚缸中的金魚仍在游動，火燄作為背景，金魚的鱗片反射得閃閃發光，顯出前所未有的美麗，但是這時候更重要的是，金魚這次竟然開始向左邊游動。

阿雞的臉上忽然感覺好像被什麼東西滴到，好像是水，越來越多。有一道噴泉水柱從海面噴出，剛好灑落在阿雞的位置，阿雞身邊的火燄迅速熄滅，露出一條通往海邊的路，阿雞趁機死命衝向沙灘。

許多村民在同一時間的那一刻，也都似乎感覺到臉頰額頭曾經滴到幾滴水珠。

村子裡的火，並沒有因此而熄滅，逃命的人只能無奈地望向天空，天空仍然是連續幾天以來一樣的清朗，明月當空。

正當大家默默認命地低頭，將目光重新轉移回自己將要被燒毀的家，大部分的人沒有注意到，天空，又厚又濃的，雲來了。

9

正是漲潮的時刻，其實夜裡的海邊很黑，一般是看不到什麼東西。

鯨魚的餘燼似乎還有些仍在海面上漂流，於是，今夜的海比較亮。

阿雞的心跳並沒有隨著逃離了危險而減速。

「…呼！…呼！…鯨魚這種大傢伙，果然比家裡那隻小金魚管用多了。」

阿雞想轉身看看被火燒的村子，但是眼光卻離不開海面的餘火亮點。

「嘿！嘿！嘿！嗨！嗨！嗨！…」

阿雞不自覺低低地哼著：「嘿！嘿！嘿！嗨！嗨！嗨！…」

今天海潮的力量很大，海浪的噪音也很大，沙灘上一艘破爛的小木船受到海浪衝擊，翻過來又翻過去。由鳥瞰的角度往下看，就像沙灘上一隻眼睛的眼皮一直眨一直眨…。「嘿！嘿！嘿！嗨！嗨！嗨！…」眼睛眨來眨去打著拍子。

海浪也是，整個海岸都聽見了。

呼叫海岸

1

清晨，很早。

暑假的最後一天，早田把日曆撕下，摺起來放在褲子口袋裡做紀念。

「這真是很爛的一個暑假呢……。紙牌、躲避球、射橡皮筋全面失敗，就連決戰時也把美麗的日本彈珠都輸光了。」

「哼！可是躲貓貓呀……。」

早田預備要打一通公用電話。

「不想再保護你們了！」

「這次我要躲在最神祕的地方，讓你們永遠找不到，早田隊員決定要撤退，回地球防衛隊總部報到。」

他走向海邊，在水面與礁岩交接的邊緣，彎身，蹲下身體，低頭將嘴巴浸在水裡，到鼻孔為止。

他開始說：「喂！喂！喂！呼叫！呼叫！」

「什麼事！什麼事！」

「呼叫看守海岸的海螺，拜託告訴大家說，我來了！」

看守的海螺聽到了，傳話給海星。海星聽到了，傳話給海葵。海葵原本必須要傳話給海膽，但是他們正在吵架，還好海葵偷偷地告訴了小丑魚，因為海葵喜歡小丑魚所以什麼事都告訴她。小丑魚又必須要跟翻車魚講，因為小丑魚欠翻車魚的錢，她們約定什麼祕密都要跟她說，也許可以抵債。翻車魚聽到後，認為鯨魚應該要知道，消息總算是傳到鯨魚的耳朵裡，而這原本就是鯨魚的任務。

鯨魚用很大的聲音唱歌，歌詞是：「我的朋友，知道了嗎？我來了。」歌聲傳得很遠，穿越海流和海溝。

「有！有！有！」是另一個聲音回答了。

那又是另外一首歌。

「真是太好聽了。」鯨魚記住了旋律，決定跳過翻車魚，也跳過小丑魚與海葵和海膽。他又用很大的聲音回覆地唱著：「有！有！有！」

然後，海螺接收到了遠方傳來變得微弱的聲音，再將它放大擴音出去。

早田回答：「聽不清楚，你必須要再大聲一點！」

「海洋很大，我不確定正確的位置，地球防衛隊的總部座標都藏在我被搶走的怪獸紙牌上，失去線索，幸好我還記得聯絡方式，並收到了回報。」

早田聽得很清楚。

「喂！聽不清楚，你必須要再大聲一點！」

其實是因為這首歌早田好喜歡聽……。

「請求呼叫海螺，麻煩你，再來一次！再來一次！」

絕對沒有人想到，早田利用了玩躲貓貓的機會來掩護這次撤退行動。

地球防衛隊的總部位於馬里亞納海溝的底部，在一座垃圾堆的掩護體之中。

早田非常有信心，這次不會再輸了。

但是他卻完全沒有考慮到，一個沒有防衛隊保護的星球，在宇宙中會是多麼地危險。

2

早田走下水，摸黑踏著水中一階一階的礁岩往下走，直到海水淹沒了頭頂。

畢竟是大清早，沒有經過太陽加溫過的海水還是有點冷，早田忍不住一直發抖。

「變身！」

早田脫下頭上戴著的那頂黃帽子，就是每個小學男生都戴的那種帽子。帽子下，黏在他頭皮上的一排魚鰭伸展開來，接著彈出連在後腦袋的一條折起來藏住的魚尾巴。

然後，早田很快就覺得不冷了。

這是三段變身其中之一，早田切換成海底型態可以在海中非常敏捷地游泳。

他活動一下手腳的關節，開始划動魚尾巴朝向地球防衛隊總部的位置高速前進，早田已經根據剛剛傳來的那首回覆的歌解析出了總部的方位。

經過一小時左右，在路上遇到了幫忙傳話的鯨魚。

「早安。」

早田停下來打招呼，並從書包裡拉出兩條超大型蚯蚓送給鯨魚。

「嗯？沒吃過的食物。」

「河裡的魚類都很歡迎呢。別吃上癮了，這裡可是很難得會有的喔！」

「那可不見得，我還不一定會喜歡咧。」

海面上已經漸漸天亮，帶來了一些能見度，不過在越來越深的海裡卻永遠都是黑暗的，早田繼續向海底前進。漸漸地，除了前方偶爾見到幾隻指路的螢光魷魚發出的亮點之外就沒什麼可看的了。

「趕快趁著還稍微看得見，差不多是早餐時間了吧。」

早田快速地划動後腦袋的尾巴，並一面從書包裡拿出便當來吃。

早田一邊吃著便當一邊回想著：「當一個小學生還真不容易……。」

每次小朋友要玩各種遊戲時，不論是玩什麼，只有被當成是好朋友的人才可以加入遊戲。但是，一旦他們贏了，就又會毫不留情地把從你那兒贏來的戰利品統統收進口袋裡，連捨不得想要再摸一下，他們都會立刻把你當作像仇人一樣翻臉。可是在我的印象中，我還記得很清楚，剛剛他們不是還把我當成是好朋友嗎？

我所有的紙牌、日本彈珠和橡皮筋就是這樣沒了的，輸得真慘！

但是我最主要的還是針對一個傢伙。

整個暑假，那個傢伙幾乎贏走了我所有的寶物。甚至連暑假作業，他都寫得比我快。

一群小朋友要玩躲貓貓在猜拳決定誰當鬼，結果竟然又是我。後來小朋友們一個一個都沒被我抓到，安全跑回到數數的電線桿，只剩他還躲著。

我好像發現他躲在哪裡了⋯。
不巧的是，這時從我褲子口袋掉出了我僅剩下來的一張非常稀有的怪獸卡片。
他一直在注意我，這時他也注意到並認出這張卡片，是他夢寐以求想要的那張珍貴卡片，可是那也是我最重要的一張卡片啊！上面記載著許多有關地球防衛隊的祕密。
我想轉身去撿，卻被他搶先了一步！
「抓到你了！」
「嘻嘻⋯沒關係。這張卡片是我在路上撿到的就是我的了。」然後他迅速將卡片收進口袋裡。
「當鬼就當鬼，反正你一定會被我抓到。」
卡片被搶走了，早田非常生氣！決定要離開這裡，不想再理這些討厭鬼了。
「我要躲到一個超級祕密的地方，就不相信⋯不相信有人找得到我⋯⋯。」
可能是因為太早起床，再加上剛吃飽，早田想到這裡就睡著了⋯。
但是早田的尾巴仍然照著指定的方向繼續划動，高速前進。

早田的魚尾巴果然具有像菜市場裡那些魚類被切下頭部後，尾巴仍會繼續自動拍打個不停的功能一樣，真是厲害！

3

「早田！早田！」

「我以為是食物呢？」一個肉攤老闆說：「差一點就把他分解了。」

早田在吵雜聲中醒來，他在熟睡中自動降落在一座市場的中央，一群人圍著他看，喀喇喀喇七嘴八舌非常好奇地談論著。

那是一個潮濕而充滿腥味，燈光昏黃的市場，卻有很多豐富的食物；爛掉的青菜，生鏽的罐頭，各種殘缺不全的肉體部位，和已經死亡的海洋生物…琳琅滿目。

這時一位穿著黑色燕尾服，留著兩撇鬍子的紳士走向前去拍打早田的臉頰。

「早田！早田！」

早田醒過來，打了幾個呵欠，揉亮了眼睛才認出這位先生：「好久不見了。」

原來是正好來菜市場買菜的地球防衛隊總司令呀。

總司令熱情地握住早田的手，興奮地向全市場的人宣布：「這位是剛剛歸來的早田隊員。」

「我請大家一起來我家吃飯，我們一起聽聽早田隊員了不起的經歷吧！」

大家高興地歡呼！

「哇！好令人欽佩。早田隊員對世界局勢的瞭解，一定不是我們這種後勤人員可以想像的呢！」

總司令說：「早田！早田！有很多新同事你都不認識吧，我等一下再幫你介紹，他們都有很多有趣的專長，你可以提供給我一些意見，看看他們的專長能對維護地球和平有什麼幫助。」

然後市場裡的一大群人，也不管是正在買菜或切菜，正在算錢的老闆或正在搬貨的工人，所有的人統統直接丟下手邊正在做的事，全都高高興興地跟著早田和總司令後面一起到總司令家吃飯去了，真是一個機動性非常高的團隊。

「大家這麼好奇，真是傷腦筋吶！」早田想。

因為早田覺得很心虛，不好意思讓大家知道自己是因為什麼原因而回來的。

原本希望回來報到後能從此賴在這裡，也許分配到一些輕鬆的任務，還有友善的朋友可以一起玩。

大家來到總司令家圍著客廳中間的大圓桌，桌上堆滿各種豐盛的食物，有一部分是由總司令提供，有的人乾脆就從市場的攤位整個搬過來那些比較適合自己口味的食物，氣氛非常熱鬧，大家吃吃喝喝，一些小孩在桌子底下鑽來鑽去玩，順便撿食大人吃掉下來的食物碎塊。

大家最熱烈問到的問題就是：「現在陸地變成什麼樣子了啊？」

「我有撿到過一塊海面上飄下來的鐵盒，看起來還不錯，上面畫著一張風景圖片還寫著印度神遊，印度是什麼地方啊？」

「我怎麼知道印度是什麼樣子，我只是小學生還沒辦法出國。」

「喔…你太不親切了吧！」

「啊！我知道了，是軍事機密對不對！你不能隨便講，很抱歉我誤會你了。」

早田想起書包中帶了許多禮物，就拿出來分給大家。

像是路燈下撿到各種顏色的金龜了、新鮮的香蕉都很受好評。

有人拿到了破掉的燈泡和鉛筆、橡皮擦：「這些是武器嗎？有什麼功能？」

早田甚至把自己的課本和幾乎沒寫的暑假作業也撕成了一張一張一起送

人，反正他不想回去了。

這下他總算比較放心，因為自己好像還滿受歡迎的呢。

總司令這時說：「大家感情這麼好，也許我們應該舉辦一次旅行也許就到淺海或陸地去觀光。」

「難得唯一位幸運存活的防衛隊員回來，大家可以多跟他交流一下。」

「什麼意思？！」

「……唯一位幸運存活的防衛隊員?!」早田不明白這句話在說什麼…

大家突然沉默了下來：「除了你…其他隊員都光榮犧牲了……。」

「我們派駐在世界各地的防衛隊員都一一陣亡，死在長期潛伏於地球的滅卡滅卡宇宙人的毒手之下……。」

「邪惡的滅卡滅卡宇宙人不知如何取得了一份我們防衛隊員的名單，他們都洩露了原來的身分。」

總司令拿出了一張照片：「秋刀魚隊員臨死前傳回來的珍貴照片。」

照片上滅卡滅卡宇宙人手上拿著一張名單，一旁還清清楚楚的畫著隊員長相的圖案。早田驚訝地看著這張照片，覺得熟悉得非常不可思議。

是啊！這張照片裡的某些東西是他再熟悉也不過的了……。

滅卡滅卡宇宙人手上那張洩露祕密的名單，不就是那張全國兒童繪畫比賽最後一名的作品，作者就是早田本人啊！

早田在他過度遭受震撼的腦子裡不停以閃光燈般的效果閃出畫面搜尋，檢視身邊到底誰有可能是滅卡滅卡宇宙人偽裝而成的，「難道是評審老師……？」

「那次比賽的題目是——我的朋友。」

「可是；在那裡…在陸地上我沒有朋友……。」

「我只會常常想起海裡的事……。」早田把他常常想念的海裡的朋友都畫在那張圖畫紙上，並在旁邊寫著名字。

「就是這份名單，讓我們的隊員被各個擊破！」

「也不知道是哪裡來的，他們一定用了很厲害的手段。」

「不過…這是身為防衛隊員的光榮……。」

很多人開始忍不住低頭哭泣。

「早田隊員能平安地歸來不知道讓我們有多高興！」

「你是目前唯一倖存的隊員，我們也正在積極訓練新招募的隊員呢！」

早田身上起了一陣雞皮疙瘩。他不敢對大家說，事故是自己造成的。

這時早田已經吃不下也坐不住了，最想要趕快逃跑。

「不會吧！這麼快就要走。」

「我要趕快去追查邪惡的滅卡滅卡宇宙人，沒有時間休息！」

「真是太了不起了！」

總司令提議：「在這個具有紀念意義的日子，最適合來合照一張。我們大家來合照一張吧！」

大家收起剛才悲傷的情緒，排排站好在總司令家的門口前，留下了很有紀念性的大合照。這時早田的心裡卻越來越悲傷，想起那些因為他疏忽而犧牲的同伴，卻不知道該怎麼辦，只想趕緊離去再想辦法。

早田在大家的祝福聲中離去，很多人給他鼓勵。

臨走前，總司令勉 勵早田說：「加油吧！我們也一定會加緊開發新式武器幫助你作戰，那可都是大海驚奇的寶藏啊……！」

「新隊員也正在接受嚴格的訓練。」

「大家都沒有鬆懈！」早田說。

總司令也非常贊成。「對呀！自己的星球還是要自己努力保護才行。辛苦你了！」

——再見！

螢光浮游生物排列出了再見的字形為早田送別，早田很感動，不斷轉身對大家揮手。

突然間，螢光浮游生物改變了原本排列的字形，變成警告燈號閃爍不停！然後又排列成一排字—發現滅卡滅卡宇宙人潛伏在小鎮，外加寵物一隻—

早田決定將洩露祕密的事永遠藏在心裡。

「我還以為地球沒什麼大問題，沒想到侵略者早就偷偷隱藏很久了，這可能是最後補償的機會，不振作一點不行。」

4

少了防衛隊保護的星球，在宇宙中等於暴露在巨大的危機當中。

「慘了…。」早田終於開始擔心這個問題的嚴重性。他也同時想到所有的武器都輸給了那個當鬼的傢伙。

「怪獸紙牌其實在圖案中隱藏了地球防衛隊的總部位置與各種怪獸的弱點說明。」

「躲避球破一個洞已經沒氣了，嚴重影響變身能源儲存的相關功能⋯⋯。」

「橡皮筋是專門用來對付滅卡滅卡宇宙人的……。」

「最可惜的是美麗的日本彈珠，是專門用來消滅滅卡滅卡宇宙人那隻威力無比，會巨大化的寵物—摩帝拉斯怪獸。只有這項武器最有效，還兼具實用與觀賞的功能。」

5

小鎮今天一整天都過得很不平靜，並不是因為宇宙人的關係，大家都還不知道這件事。

是因為鎮上有鬼，大家都受到影響，心神不寧。

很多人都被問到同樣的問題：「我是鬼，早田有沒有躲在這裡？」

自從前一天傍晚最後一次的躲貓貓開始之後，遊戲就一直沒有結束，那個當鬼的小孩到處不停尋找彷彿從世上消失的早田，全鎮的居民備受困擾，有人甚至被問過十八次同樣那一句話：「早田有沒有躲在這裡？」

那個小孩自從當鬼之後，已經在鎮上遊蕩了超過一天一夜。找不到最後一個人的話，遊戲似乎無法結束，這是當小孩的苦衷；就像大人在工作中被要求負有的那種責任感束縛著，雖然小孩只要顧著玩，也因此從小就藉由遊戲深深體會到了做人的道理啊。

過了傍晚，又是夜晚的來臨。當鬼的小孩真想哭。（：哭泣的鬼更加可怕，沒人敢靠近。）鎮上住戶緊閉門窗。

小孩又累又餓，走到了黑夜中唯一開門亮著燈的一間雜貨店，店面的大玻璃櫃裡陳列著各種零食糖果，尤其是更不會缺少了小朋友們最喜愛的蘋果麵包。

小孩看著蘋果麵包忍不住伸出舌頭舔著罩在麵包前的玻璃，並努力用疲勞無力的鼻孔吸著從櫃門縫中滲出各種零食混合的香味，最主要的還是蘋果麵包的香味！

6

早田估計抵達近海。他的魚尾巴發出比去程時更大的力氣游泳。

已經忘了計算經過幾個小時。早田看見前方一條發出紅光的導引線，是珊瑚蟲的幼蟲聚集在一起形成的。

然後更前面出現一道因水波扭動成忽粗忽細的光束投射而下，他知道是今夜的月光，海面接近了。然後再過一會，早田就穿破水面了，抬頭看見天

上的月亮，與前方不遠的海岸：「還沒滿月啊…珊瑚蟲真令人感動！叫他們的孩子提前來通知我。」

「變身！」

早田戴上了夾在褲頭的那頂黃帽子，魚鰭和尾巴都折起來收好。早田腳著地在臨岸的斜坡上，加大了腳步往前跑，在即將離水前變回一般人類型態。

早田一上岸便著急地在鎮上到處尋找那個當鬼的小孩，那個小孩沒有回家。

在那幢已經變成空屋的雜貨店前，早田發現他躺在門口，臉上好像還帶著一種滿足的表情，早田上前去把他搖醒。

當鬼的小孩勉強撐開眼皮醒來，矇朧中認出早田，一把抓住早田的衣領。「抓到了！抓到了！」

「我不用當鬼了，我又恢復成人了，我是阿蜢！我變回阿蜢！我不要玩了…。」

早田趕忙問：「你把贏我的彈珠橡皮筋放在哪裡？可不可以先還給我一下。」

「咦！這裡不是一間雜貨店嗎？怎麼變成了空空的房子！」

「我真的找你找了好久，剛剛我的肚子好餓，雜貨店老闆答應我可以用橡皮筋換蘋果麵包吃。老闆養的一隻狗好像也很喜歡我從你那兒贏來的彈珠，老闆就答應我還可以用彈珠交換一瓶橘子汽水，真好喝。」

「至於紙牌…我要收集全套，別想！」

早田說：「縮小時的摩帝拉斯怪獸與唱片上印的電唱機狗商標是沒什麼差別的…」

「嗯…雜貨店…這不是真的雜貨店！」

「滅卡滅卡宇宙人最擅長使用幻象吶…哎呀！」

「管你的！」變回復為人的阿蜢生氣地站起來罵早田：「你真是比大人還要陰險的小朋友！」

「明天開學，我要回去睡覺了。哼！」

早田看著阿蜢轉過街角走掉。

「回去睡覺；唉…我真的慘了…。」

已經沒有任何武器可以對付敵人的早田，只好又沮喪地走回海岸邊，再度呼叫總部。這次情況非常嚴重，所有的傳話員都暫時放下私人恩怨，用最快的速度把消息傳到。

「武器都被宇宙人搶走了。」

「呼叫總部！怎麼辦？怎麼辦？」

「去找糖果店抽嗎？不行啊！機率太低了。而且那只是普通的玩意，並沒有很強的效果…更何況老闆天亮才會開門。」

「我又沒錢…總不能去當小偷吧！」

「再想想辦法…。」

「……。」

早田看著頭頂的星空，又看看依舊安靜的小鎮。

「……這是全宇宙的小事，卻是全地球的大事。」

「呼叫！呼叫！…。」

「咦…怎麼沒有回答？」

「……。」

早田拿出褲子口袋裡那張摺起來的日曆。

「明天是開學日，雖然功課都沒有寫，還是要上學哩！不然長大怎麼辦…。」

早田把日曆摺起來再放回口袋；「下次暑假不會這麼爛了吧…。」

「不管怎麼樣，要在天亮前把事情解決！」

早田再度往小鎮走去，遠遠望去，月亮已經漸漸沉落往小鎮的方向，一個逐漸巨大化的狗形黑影從房屋後面昇起遮住了月亮，黑影的頭上還站著另一個比較小的黑影，揮動夾子形狀的手臂。

「很得意的樣子嘛：把我的武器統統都騙走⋯⋯。」

早田再次變身，這次是三段變身中最消耗能源的空中型態。他飛到空中盤旋。

「先從空中偵察，它們一定還有其他弱點。」

7

其實位於馬里亞納海溝中的總部也非常忙碌。

這時，大海中的另一條通訊線路開始啟動了！

地球防衛隊總部發出一道緊急命令：

「呼叫！呼叫！玻里尼西亞分部的巨大車渠貝，趕快將你們生產的巨大珍珠交給游泳速度最快的鯊魚；東京灣附近的螃蟹，立刻將海底的廢輪胎剪成細小的橡皮筋，然後用最快的速度送去支援早田隊員！收到了嗎？收到了嗎⋯⋯。」

「呼叫總部！呼叫總部！⋯⋯玻里尼西亞收到了⋯⋯！收到了⋯⋯⋯！」

「⋯⋯東京也收到了⋯⋯！」

電影裡的象小姐

水底的故鄉

1

「裝甲部隊七歲六個月第五天上午一點零一分，向上腦丘八歲七個月第八天上午五點五十九分生物自走砲陣地突襲前進！」

「八歲七個月第八天上午五點五十九分生物自走砲陣地以濕棉被填充能源，補給眼淚混合河壩口腥臭的蝦殼，與濁水中不知名軟物，凍結後碎裂成的尖銳砲彈，發射密集火砲，砲彈像下雨一樣，尋找掩蔽！」

「打開美麗的大蝴蝶機關砲反擊，發射！」

「快請求支援……！」

「迅速召喚友軍五歲九個月第二十六天生日禮物的眨眼洋娃娃整備蕾絲邊鍊鋸，預備近身搏鬥！」

如果我可以感覺，我對我的故鄉感到很美好，這對最後的我來說很重要。

或許，問題是出在我的故鄉。

我的故鄉對於我的感覺並不是很美好……。

我終於發現了一個祕密，原來每個人對於一件事或一個地方是否感到喜愛與懷念，大部分來自於每個人對於那件事或那個地方，好的記憶與壞的記憶間相互作戰，最後獲得的結果。

『從花玻璃透出閃爍的七彩金光，填充完了！』

『務必鞏固對故鄉美好記憶的勢力範圍，不惜對敵方以最強烈武器進行徹底地殲滅作戰！』

2

人在普通時用體力抵禦細菌與寒冷，精神力與體力是相等的。

近來浮現一種快要生病的徵狀，彷彿在提醒著我，已經累了。

身體逐漸畏怕寒冷，鼻孔總是嗅到絲絲臭味，而且是從自己身體體內滲出的；就是老人身上的那種氣味。

臭味從朽化的肉體，壞舊來不及修補的內臟中滲漏出，細至毛孔，大至呼吸的管道；同時也是自己感受氣味的器官。我不停將自己散發的臭味吸回體內，再一次重複品察其中的滋味。

……就像是……勉強過濾一桶髒水吧！

反覆反覆一再回收使用到最後的時刻。

「……所以死人才這麼臭。」

因為沉沒在髒水底部，遍布了好的記憶與壞的記憶打仗時，戰死在身體裡的死屍，想要排泄也排泄不掉。

……死掉的老人更臭！

戰爭是發生在眼皮之下嗎？

不可能！真正的戰場是在更深沉的部位，雖然並不總是在同一處。

滲沉至深部的過程往往是募集更壯大實力的機會。

最初進入視網膜壁的背面，甚至來到眼窩根部之後穿過頭骨後面的那裡才是！

愛與美好、拒絕或憎恨！

砲火不時擊破頭骨爆散而出，眼球轉動不停，閃避火花噴射不得歇息。

無論是美好或恨意的勝利，不停地追索就要付出代價，每日至少都耗去了三分之一的性命，休息並不是真正的休息。

難以期待美好的一方必然會得勝，帶著疲倦並一無所獲的風險，終究會

使我成為一座廢墟。

兩方勢力相當，不知要打多久的一場仗……。

最後作一次勝負吧！千萬別拖到呼吸結束時才知道結果，就算能提前一分鐘也好。

但……有沒有可能某一天……好的記憶迷路了……。

好的記憶與壞的記憶根本相遇不到，壞的記憶就因此不戰而勝呢？

我就快滿一百歲，心裡卻負擔著一場兒童時期的誤會。

或者說是一個謎，若不回去故鄉就無法解決。

我的手上抱著圓滾滾的金魚缸，金魚陪著我一起；奇異的金魚，差不多與我的年齡活了一樣久。

走到水與岸的交接處，許多年以前，我的故鄉已沉沒入了水庫的水底。

為了想要過往好的記憶得勝，我不得不回到兒童時代的發源地找幫手。

我以記憶中的捷徑繞至意識中，再從意識中的捷徑走出意識之外。

幸好我透過捨不得讓口水溶化的金柑糖球密切聯繫，終於搜查到體積微小的輕便鐵道穿越的山洞，我依照許可燈號指示，輕便鐵道穿越的山洞將山洞口以一種特別地將胃袋嘔吐翻出體外的方式大幅度擴張體型。我向黑暗的洞裡走去，朝著光亮的洞口前進。來到了這裡，沉入水中的故鄉我已無法想像，這裡是我記憶所及的邊際。

「金魚啊！你說我可以將魚缸反過來套到頭上潛入水中。不過，氧氣有限，我們只要快一點完成就不會發生問題是嗎？」

潛入水中，回到故鄉尋求祕密的解答，金魚幫我帶路。

下潛之前，雙腳暫時陷在水岸泥濘的黑土裡。

因為隔離多年再重回到故鄉，我環視四周，雖然生出興奮與新鮮感，但因為心中有事纏擾，沒有注意力多作觀察，只有慶幸即使已經入秋，午后的氣溫仍然炎熱，水溫適當。

我不確定接下來是好或壞，疑慮漸漸結晶形成形狀怪異的物件。

因為不知道這種物件能有什麼作用，也就不列入好的記憶或壞的記憶的相關分類項目。

3

沉入水中的過程，裙子像降落傘般張開。

「金魚啊！你說我像一隻水母是嗎？」

像我這樣老的老人，也只有在水中靠著水的浮力，才能夠不怕痠痛，這麼任性地使用關節。

我將身體旋轉又旋轉。

「我希望我更像西洋舞會裡的蓬蓬裙。」

西洋的蓬蓬裙，在那個年代，在偏僻的鄉鎮中是很特別的。

我的母親曾經用裁縫機親手為我縫製過一件，那是一段有關我對我母親的記憶。

裁縫機；她死的那天是趴在裁縫機上被發現，她做到一半時突然離去了，手掌滑過車縫的針頭，她的手掌與那件未完成的蓬蓬裙縫在一起，裙子的半邊都被染成紅色。

傳說中，親人死去的那幾天裡，死人的靈魂會變成昆蟲或是小動物回來家裡，我記得那是大人交代過的事，千萬別把牠們打死或趕走。

但是連續幾天，我卻不曾看見。

不過，到了第七天晚上，我忽然見到一個全身長毛的東西打開窗戶，從窗戶爬進來。就像大人所說，這個東西會不會就是母親的靈魂所變成，牠爬進來東張西望，我從一開始就敢靠近牠，我拉著牠的長毛叫牠媽媽，牠沒理我。

然後，牠看見供桌上的雞鴨魚肉，一把抱住就從窗戶又爬了出去，並沒有在意我手上緊抓著的一把，從牠身上扯下來的毛。

「可是金魚啊！你知道嗎？往後幾次牠再來，卻反而被大人們追打趕走。」

顯然我的思考活動引誘出了在建造這段記憶的過程中自然衍生壞的那一部分。

「…所有的事總是自然地生出兩面，不是嗎？」

我的整個頭腦中非常吵鬧，幾乎同時有一百隻狗在叫，這確實是。一百隻狗在深夜吠叫正伺機與大人們追趕的棍棒融合，成為更具攻擊力的新生體。

雖然在這件事情上，好的記憶仍占有優勢，但是一百隻狗嘴常常以偷襲的方式偷咬幾口，好的記憶，我深怕我會漸漸忘記…。

4

我記得對那個身上長著毛的東西有著奇異的親切感，因為從遠遠，看牠的樣子好像母親喜愛的髮型。接著與之後的幾天，牠會在更晚的半夜來到我的窗口外，不敢再進來，只敢將手伸進窗內，手指指著供桌上的食物，看來牠總是最需要食物，那不難辦到。

我從供桌上拿了供品，三樣中只拿一樣，自認為不易讓人察覺。

我將一隻雞交給牠時，牠的手抓著雞快速地拉出窗外。但接著很快的，牠的另一隻手又從窗外伸進來，我被嚇了一跳！我從我躲藏的桌子下探頭出來仔細看，那隻手上卻拿了一把破雨傘，牠這樣拿著停在那裡好久不動。

「金魚啊！你以為牠是想要交換食物嗎？對呀！我也這樣想。到現在也不明白，我不需要那些東西啊！都是一些壞掉的東西哪。」

我還是繼續偷偷地拿食物給牠吃，牠也每次拿來一些顏色奇怪的死鳥、死老鼠、破書包、還有喝了一半的彈珠汽水。然後最後是你，金魚呀！

牠的手上就這樣捧著你，真是可憐，你快死了，你甚至連怎麼被抓來的都不記得了吧？我趕緊將你放進水盆裝滿了水，你才又活過來，你知道嗎？

畢竟那時是個小孩，三樣偷拿一樣的計謀，被大人簡簡單單地識破了。

那一晚，那個全身長毛的東西被大人們追打著逃了好遠。

令我難過的是，我一直覺得只要讓我像這樣一直拿食物給牠就沒事了，大人說牠是魔神仔，是不好的東西。

隔天早上，整個鎮上發生了很大的騷動，所有好奇來到我家的人，都帶著尖叫離開。

或許是他們從來沒看過不見了頭的屍體，不過並不是活生生被殺死的。

是我的母親，母親屍體的頭被割斷偷走。

偷走我母親的頭做什麼呢？

大人們毫不加考慮就認為一定是那個全身長毛的東西來報仇。

這是我很小就離開故鄉的原因，為了躲避大人怪罪的眼光，就連父親也生氣地說：「都是妳害的…。」

離開故鄉後，我不停地尋找我母親的頭與那個全身長毛的東西，直到有一天我被逮捕。

在我住宅周圍的居民，經常遭到我腦內的戰爭波及，戰火洩漏出的火苗釀成大大小小的火災，我成為縱火犯，被當作是一個病人看待。

「金魚啊！我不過是一個牽掛的人吶。只是一個極其微小的牽掛，與世上的戰爭相比，這也僅僅是極其微小的戰爭啊！不是嗎？」

5

『經常可見的十星瓢蟲偵察機 請求降落，裝甲部隊七歲六個月第五天上午一點零一分 融合 夏夜的獨角仙長程飛航動力工程團 合成體— 空中複翅裝甲西瓜籽機關砲母艦 第三層甲板』。

我似乎是被迫回想起這段記憶的，回憶被迫推進，深入多年來盡力避免回憶的區域，所有好的回憶與壞的回憶，各自都盡其所能地深入探求，各自為了這場戰爭串聯勢力。

「偵察回報！偵察回報！」

「敵方 八歲七個月第八天上午五點五十九分生物自走砲陣地 與 害蟲恐懼感 融合進化成 三千六百對足肢激烈高速自走巨口徑三連砲！」

「敵方接收到封鎖在大腦黑質中 責怪的眼球噴射死光 、 頸部切口濃臭血水 、 補給運輸機 、 尖叫超音波裂開器 求援召喚，正急速前往救援融合中。」

『敵方與我方都有殊死戰的準備，標定方位，航向目標，炸射預備。』

金魚為我帶到正確的路徑，我見到了我的故鄉在水底的深處發出的微光，我意圖在我的故鄉，藉由感受著曾經在此經歷過許多美好的事，喚起更多美好記憶的支援。

「金魚啊！你看見我額頭周圍的水，因接觸到腦部高溫而折射出扭曲的波紋吶！」

『才用一元就幸運抽中一大包的彩色糖果炸彈準備完了，投彈手自由攻擊！』

隆隆的噪音使我的耳膜不斷震動。

『三千六百對足肢激烈高速自走巨口徑三連砲移動太快，難以瞄準。』

『地面偵察回報，三千六百對足肢激烈高速自走巨口徑三連砲與責怪的眼球噴射死光、頸部切口濃臭血水補給運輸機、尖叫超音波裂開器融合完成！』

『敵方融合時暫停移動，能源填充百分之百，最強烈武器新年快樂的花燈與

煙火 準備完了！軌道計算中。」

「瞄準完成，發射！」

我的視覺很不穩定。

在突然而來的閃光與突然又完全黑暗的間隙中，重新見到我離開很久的家。

「觀測手回報！」

「上腦丘表層多處燃燒不止，地表物體全部清除，但是沒有敵軍殘骸。」

「觀測手回報！有巨大口徑的眼尾毒光自地面破洞射向本艦，命中距離七○…五○…三○…迴避無效！迴避無效！」

「敵軍用潛盾模式鑽進腦丘裡層，部分神經束於敵軍潛盾時切斷。」

「眼尾毒光從地面下射出！」

「命中！命中！本艦命中！各部門燃燒！」

「連續發射信號彈請求支援。轉換迫降模式。回報受損狀況，燃燒部門強制剝離！」

6

我回家了。

我的故鄉。

我看著沉沒入了水底世界我所懷念的街道。

到處，除了房子鋪上一層水藻。

我看到了我房間窗外的龍眼樹上停滿了蝦子。

「喂！喂！沒有龍眼可以採收了，結果子的時間已經過了呀！」

街道上，除了走動的路人換成了像人一樣大的鯉魚、草魚和鯰魚之外，也沒有太多的不同。

但是我卻好像什麼也想不起來……。

我記不清楚；在家中，在這個街角的小店，在那個街角的長屋。

不會吧！應該有很多過去曾有的甜美回憶，爭先恐後地來與我會合才是啊！

「金魚，金魚。你說我的瞳孔不停閃爍火光嗎？像鬼一樣，連我自己也覺得這樣子很可怕。」

原本好的記憶也會燒毀在火燄中嗎？
我絕不會說我因此而寧可讓壞的記憶輕易獲勝，不是這樣的！
但明顯地，在雙方過度交戰之下，我的身體機能漸漸休止。
大腦有可能成為了一片廢墟！

罩在我頭上的魚缸裡，空氣逐漸變稀薄。
金魚游進魚缸裡，撥水到魚缸上消除玻璃上的水氣。

「金魚，你幫我到其他地方找找看好嗎？」

金魚游向前方，才轉過街角，卻又立即游回來。

忽然；在我有時清晰有時模糊的視覺中，我身前的街角走出了一個巨大身體的黑影。

不，是一個接著一個⋯。
黑影越來越清楚，巨大的身體受到街道的樓房的遮蔽，屋頂上只看得見露出了的上半身，這是什麼怪物？

體型大大小小的鱸鰻與鯰魚在最前頭開路，在其他魚蝦螃蟹的隊伍前面，有些魚蝦螃蟹跟隨在怪物的腳邊，一群更小的魚像飛蟲又像護衛，敏捷地繞行在那幾隻巨型怪物的周圍，巨大的怪物慢慢走出街角的圍牆，從我家門前的街路經過。

我認出來了！

走在最前面的是菊花的香氣嗎？

可是牠又混合著喪禮的祭品與半夜的哭聲。……然後後面那一隻是小學生們在星期五下午五點三十分看到夕陽燒著的紅光還混合了接下來為了分配零食而發生的爭吵。

然後還有一個比較小隻的夏夜在榕樹下講的鬼故事黏著真正的鬼魂與野狗的吠叫。我開始有些記得了，鬼故事總是讓夏夜變得寒冷。對呀！這一隻還混合了從頭蓋到腳的棉被呢。

魚店的鐵招牌混合了哽在喉嚨的魚刺。還有猜拳遊戲的一百隻手加上輸掉的高貴香水鉛筆。

啊！是最快樂的夜市黏著好幾個被壞人牽走的孩子與流淚找尋的媽媽，她們總算合在一起了。

這些怪物像廟會的遊行一樣啊！

這些並不只屬於我的記憶，像是集合起許多人的，甚至是整個鎮的記憶

。為什麼好的壞的好像都混在一起？

但是不論如何，牠們看起來都好漂亮呀！

此刻的我正看得入迷，已經忘記了呼吸的重要性，而我的呼吸也正好快要不存在了。我感到我正在往上飄，會直直的浮上水面嗎？

那要好久吧。

隨即我又往下沉。

是我的手。

我的手被另一隻手拉住，拉下來。

那隻手還將一樣東西塞入我的手中。

「空中複翅裝甲西瓜籽機關砲母艦內構損害百分之七十九，迫降方位海馬迴西北西方二十三點三三，後續損害估計中。」

「觀測手回報！敵軍新融合完成機能斷絕用重型轟炸機昇空。」

「我方暫時沒有新融合資源，小區域火警持續撲滅中。」

「……緊急狀況！敵方投射一萬枚燒夷彈，朝向本艦！」

「防護裝甲滲漏率百分之九十，防護失效。本艦死定了。」

『移動位置。不能！』

『接近一四〇…！』

『進行反融合解散程序。』

『聯結部門回報！執行時間不足無法執行解散程序。』

『…接近七〇…五〇…』

『接近三〇…全艦衝擊預備！』

空氣完全用盡，我戴著的魚缸布滿水氣早已看不見。我忍住最後一口氣，索性脱下已經無用的魚缸，在水中我睜開眼睛，模糊地看見。

我看見前方，是我的父親嗎？

『母親在床前唱著小雨傘的催眠曲張開高熱遮斷流動鱗甲組成防護罩！』

『鮮紅色的超空間通道打開！傳說中的援軍抵達。』

『超空間鮮黃色書包格納庫載運對空模式黑老鼠超重型輪式囓齒粉碎機，填充能源熱烈盼望的絕對零度氣泡壓縮液壓力百分之三百！』

『地對空模式黑老鼠超重型輪式囓齒粉碎機衝向敵陣！』

『防護罩滲漏率百分之零零零！』

『音爆衝擊！』

『預備高空墜落碎片衝擊！』

「……。」

我看見了我的父親。

他的身上混合著受眾人議論而破損的表皮與被忿怒的火光燒得只剩下餘燼的心臟，但是，只有占了全身的一小部分。

我手上拿著他塞給我的；我看清楚了，是一個紅包。

他仍帶著笑容對我揮揮手，然後離開，回到怪物遊行的隊伍。

我又模糊得看不見，終於變成一片黑暗。

7

一切又變亮了。

但又有點不一樣⋯⋯。

我卻看到我自己的屍體漂浮在我面前。

我的頭部有一個破洞，似乎有東西從裡面漏出來，在水中開始活動。

我很快地發覺，那些是我壞的記憶的殘餘逃出我的腦部。接著，我的好的記憶也跟著洩露出來，更像是在追擊壞的記憶，也包括了救援我好的記憶的最後那群物體，幾乎在同一瞬間我就明白了所有的事。

最後救了我的好的記憶的那群物體，原來是母親死後，由那個全身長毛的東西帶來給我的那些壞掉的物品，那是我母親曾經承諾過我的事。

我的母親總會在臨睡前坐在床邊為我唱歌，她曾說過等到天氣變得更暖和，城裡有一齣用老鼠當主角上演的電影很好看，一定要帶著我去看。破掉的書包，也要換新的了，不然鉛筆橡皮擦常常從破洞掉出去，到學校都不能寫字。

喔！還有，只要再等一個禮拜，一定要用零用錢去買一瓶新奇的彈珠汽水來試試，先跟小店的老闆講好，留一瓶，絕對不能賣出去。

金魚呢？

那是一個夜晚，我們很高興地逛著一個月來一次的夜市。

我在一個攤子買了一條紅色的金魚，滿足地要帶回家飼養。在半路上，卻發現裝著金魚的袋子有漏洞，袋子裡的水一路漏出，等到走回家金魚已經死了。

我的母親答應我，下個月夜市來時再買給我。

那是一個傷心的夜晚。

我母親對我的承諾，她一件也沒有忘記。

最後一刻，她的腦中，好的記憶與壞的記憶的戰爭是否也即將難以控制。

好的記憶中，甚至包含了對我的承諾；（如果實現的話，應該是很美好的。）

她最後的意志變化成了一隻看起來全身長著毛的東西，牠盡力在壞的記憶猛烈攻擊下，搶救出遭受到損毀的，母親的承諾形成的物體交給我，不讓壞的記憶將牠們消滅掉。

也許，我提供給牠的食物並不足以支應牠繼續對抗壞的記憶。

於是，在母親最後意志的授意下，牠將母親的頭帶走，以免我受到那些不小心洩漏出壞的記憶波及。

我幾乎在死亡的一瞬間就知道了，因為我也在那同一瞬間就復活。

但是是用另外一種方式；我變成了一隻金魚，也就是從母親腦子裡搶救出的那隻記憶形成的金魚。

牠在我身旁，差不多活得和我一樣久。

那是一種預知能力嗎？

我的母親早就知道了這一天嗎？

母親留下金魚不是為了安慰我，而是為了在這一刻與我交換性命。

金魚和我互相交換，牠進入一個死去的軀體成為一段真正逝去的記憶，我反而融合成為記憶產物的一部分，成為記憶的本身。

前方街道上的淤泥突然翻滾起來，水色一片渾濁。

幾隻正經過前方的巨大的怪物，搶食著從我頭中洩漏出的記憶。

好的、壞的，都在塵埃落定前被分食精光。

而我死亡的身體，也在大小魚蝦的啄食之下，所剩無幾。

依賴金魚延長性命的目的已經達成，或許不久後我也將被吞食，不過我已得到滿意的解答。

遊行的隊伍已近尾聲。

我見到隊伍末尾一個好熟悉的身影。

是嗎？

牠也向我靠近。

是呀！

是一個久違的朋友吶。

——那個全身長毛的怪物。

看來牠的身體上多出了幾樣不同的東西，其中一樣，是母親為我縫製的
那件蓬蓬裙，穿在牠身上分外滑稽。
牠舉起一隻手在向我招手……。
牠的另一隻手上拿著一樣東西。
喔，我認出來了。
牠手上拿著的……
是我母親的頭。

幽暗記遊

1

寶石工廠的廢水結晶。

廠外其他地方，所有各時代遺棄廢物的碎片在海風風化及金屬屑覆蓋汙染交叉作用後，色調漸趨統一，這塊地域得到豐富的紋理，彷彿形成新種混凝的岩石。

2

我們搭乘運送毒物礦石的輸送車輛在深山中走錯路，而在一個堪能容納兩輛車的彎道回轉，走回原路途中的某間飲食店前的叉路進入正確的路。

路標斑剝，勉力才辨認出「陰間」的字體，不過依路旁的景物，排列雜亂的墳墓來看已不言可喻了。

日光明亮，天色清麗，並沒有陰沉的氣氛。

心境如郊遊遠足一般輕鬆。

戲院。

無頂，無座位，內部有U形結構，梁柱破敗斷裂，下層大塊岩石堆疊，上半部砌的空心磚四處裂痕。

向陽處，附生植物在裂縫與角落叢生。

背陽面，裂縫滲水流過處長滿像是絨布似的苔蘚。

午後二時。

3

4

貓每日搭公車從遠處前來，而且會乖乖排隊。

5

附身會很痛，你得負擔忍受疼痛的代價，也容易生病。

生病的痛苦，還有經常因為反應遲鈍或注意力不集中而受傷。

貓最近被車撞死了，是牠每日等待的公車。

1971 年台灣台北出生，嗜蒐集玩具、書籍與音樂。

王登鈺 fish

作品

幽暗小徑之風景
圖文書 2008.07

旅行者貓的手提行李
圖文書 2008.07

Jack & the Beanstalk
圖文書 2008.07

金魚 LOVE 夢路
漫畫 2011.08

TX（Taiwan Comix 合輯） 1—6
漫畫 2010.03 ∫ 2012.05

電影裡的象小姐
短篇小説 2012.06

Blog http://www.wretch.cc/blog/fish01242001

E-mail f0124.wang @ msa.hinet.net

內頁插畫作者

sera lee 1973年生

雙魚座

喜歡畫畫寫字和動物

完成日期檢索

祕密耳語	2003.10.30
思念	2002.05.08
春天	2003.05.13
探望	2003.09.01
虛構的公園	2003.09.03
退潮	2003.08.26
造字的旅人	2006.08.26
泡泡	2007.03.07
長頸鹿歷險記	2003.03.18
睡美人	2009.03.29
荒野中的鐵道總站	2011.04.27
優雅的非洲美人	2004.04.20
世界末日後的快樂生活	2004.11.30
快樂的歌	2004.07.15
呼叫海岸	2004.12.23
水底的故鄉	2005.06.09
幽暗記遊	2010.01.19

電氣街（部分曾載於台灣日報　2006.02.16至2006.03.23）

BB

P

L

L

電影裡的象小姐

作　　者　王登鈺 fish
插　　畫　黃嘉倩 Sera
總 編 輯　劉虹風
企劃主編　游任道
文字校對　陳譽仁　游任道
美術設計　吳欣瑋 torisa1001@gmail.com

小小書房・小寫出版
小小創意有限公司

負 責 人　劉虹風
地　　址　234 新北市永和區復興街 36 號 1 樓
電　　話　02 2923 1925
傳　　真　02 2923 1926
部 落 格　http://blog.roodo.com/smallidea
電子信箱　smallbooks.edit@gmail.com

經銷發行　紅螞蟻圖書有限公司
地　　址　114 台北市內湖區舊宗路二段 121 巷 19 號
電　　話　02 2795 3656
網　　址　http://www.e-redant.com/index.aspx
電子信箱　red0511@ms51.hinet.net

印　　刷　崎威彩藝有限公司
地　　址　235 新北市中和區立德街 216 號 5 樓
電　　話　02 2228 1026
電子信箱　singing.art@msa.hinet.net

初版一刷　2013 年 8 月
定　　價　350 元
I S B N　978-986-87110-3-7

版權所有・翻印必究
Printed in Taiwan. All Rights Reserved.

國家圖書館出版品預行編目資料

電影裡的象小姐 / 王登鈺著
- 出版 - 新北市：小小書房，2013.8
面；　公分
ISBN 978-986-87110-3-7(精裝)

857.63　　102000192